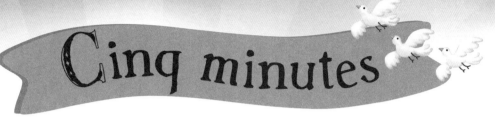

Cinq minutes

Histoires de la Bible
pour l'heure du dodo

Adaptation d'Amy Parker
Illustrations de Walter Carzon

Texte français du Groupe Syntagme

Catalogage avant publication de Bibliothèque et Archives Canada

Parker, Amy, 1976
[Five-minute bedtime bible stories. Français]

Cinq minutes : histoires de la Bible pour l'heure du dodo / Amy Parker ;
illustrations de Walter Carzon ; texte français du Groupe Syntagme.

Traduction de: Five-minute bedtime bible stories.
ISBN 978-1-4431-6100-8 (couverture rigide)

1. Récits bibliques français--Ouvrages pour la jeunesse. I. Carzon,
Walter, 1965-, illustrateur II. Titre. III. Titre: Five-minute bedtime bible stories. Français.

BS553.3.P37 2018   j220.95'05   C2017-904155-X

Édition publiée par les Éditions Scholastic, 604, rue King Ouest, Toronto (Ontario) M5V 1E1

5 4 3 2 1   Imprimé en Chine 84   18 19 20 21 22

Direction artistique de Paul W. Banks
Conception graphique de Kay Petronio

TABLE DES MATIÈRES

Les bois, les oies, toi et moi!

✳ Genèse 1-2 ✳

Au commencement, il n'y avait rien. Dieu créa la Terre et, autour d'elle, le ciel. Puis, Il décida de remplir la Terre de choses extraordinaires.

Dieu dit :

— Que la lumière soit!

Grâce à ces quatre mots, la Terre se remplit de lumière. Dieu créa le jour et la nuit; ce fut le premier jour.

Et ce n'était que le début.

Le deuxième jour, Dieu dit :

— Que le ciel soit séparé de la Terre.

Et il en fut ainsi. Les eaux du ciel se séparèrent des eaux de la Terre, et le ciel se répandit au-dessus du monde.

Le troisième jour, Dieu rassembla toutes les eaux de la Terre pour créer les océans et les lacs, les rivières et les ruisseaux. Il laissa aussi de grands continents. Puis, Dieu dit :

— Que la Terre produise beaucoup de végétaux, et ce, en grande variété! Qu'il y ait des plantes portant leurs semences et des arbres, leurs fruits, afin qu'ils puissent se multiplier.

Et il en fut ainsi.

Les marguerites et les jonquilles surgirent de la Terre! Les lys et les lilas fleurirent! Les arbres déployèrent leurs feuilles d'un vert éclatant vers le soleil. Des pommes rouges, vertes et jaunes se formèrent. Les herbes hautes, les roseaux et le blé se mirent à ondoyer au gré de la douce brise parfumée.

Dieu avait créé la Terre et le ciel, le jour et la nuit, les arbres et les plantes. Il était satisfait.

Mais Il n'avait pas encore fini!

Le quatrième jour, Dieu dit :

— Qu'il y ait une grande lumière éclatante pour le jour, et une plus douce pour la nuit.

Et il en fut ainsi.

Il nous donna le soleil rayonnant pour réchauffer nos jours ainsi que la lune brillante et des étoiles scintillantes pour éclairer nos nuits.

Pendant que la lumière des étoiles faiblissait et que le soleil se levait sur le cinquième jour, Dieu créa de la vie dans les océans et le ciel. Il dit :

— Que les eaux grouillent d'une foule d'êtres vivants, et que des oiseaux de toutes sortes volent dans le ciel!

Et il en fut ainsi.

Des dauphins, de petits poissons et
de grosses baleines bleues se mirent à nager! Les eaux
grouillèrent de nouvelles créatures. Le ciel se remplit
d'oiseaux en vol : des hérons et des colibris, des pigeons
et des perroquets, des cardinaux et des martins-chasseurs.

Dieu était heureux. Il bénit les poissons et les oiseaux,
et leur dit :

— Multipliez-vous et peuplez la Terre!

Le sixième jour, Dieu créa les animaux — toutes sortes d'animaux. Énormes et bruyants, calmes et doux, piquants et duveteux, malodorants et beaux — Dieu les créa tous! Les lions rugirent, les souris couinèrent et les chatons miaulèrent.

La Terre se remplit de vie, de tout nouveaux paysages, de sons et d'odeurs.

Dieu était très heureux, mais il décida de créer encore plus.

Dieu se servit de la poussière de la Terre pour façonner le tout premier homme. Dieu lui-même insuffla la vie à l'homme. Celui-ci devint le tout premier humain à vivre sur la Terre. Dieu l'appela Adam et le déposa dans un jardin nommé Éden. Le jardin regorgeait de vie.

— Tu domineras toutes ces créatures, dit Dieu à Adam, les oiseaux, les poissons et les autres animaux aussi.

Adam donna un nom à chacune des créatures : aryctérope, geai bleu, poisson-chat, etc. Il remarqua que les animaux avaient tous d'autres animaux semblables avec qui jouer. Les oiseaux chantaient avec d'autres oiseaux, et les poissons nageaient avec d'autres poissons comme eux.

Mais Adam était seul. Il était le seul être humain de la Terre entière.

Bien sûr, Dieu était toujours présent pour Adam. Mais Dieu savait qu'Adam voulait partager sa vie avec un autre être humain comme lui.

Ainsi, après avoir créé les plantes, les animaux et l'homme, Dieu n'avait pas encore fini.

— Je vais créer une autre personne, dit Dieu, le complément parfait de l'homme!

Dieu plongea donc Adam dans un profond sommeil et il prit l'une de ses côtes. Tout comme Il n'eut besoin que de poussière pour créer l'homme, Dieu n'eut besoin que d'une côte de l'homme pour créer la femme.

Lorsqu'Adam vit la femme, il dit :

— Enfin! Quelqu'un comme moi!

Adam avait désormais une personne à qui parler et qu'il pouvait aimer. Il appela sa belle épouse Ève.

Adam et Ève vivaient ensemble dans l'abondance du jardin d'Éden. Ils humaient les fleurs colorées. Ils mangeaient une grande diversité de fruits délicieux. Ils regardaient les animaux jouer. Là-bas, en présence de Dieu, Adam et Ève avaient tout ce dont ils avaient besoin.

Le septième jour, Dieu regarda la Terre et le ciel, le soleil et les étoiles, les plantes, les animaux et les personnes. Il regarda *toutes* les choses et *tous* les êtres incroyables qu'Il avait créés. Dieu vit que tout cela était très bon.

C'est ainsi que ce jour-là, Dieu – tout-puissant et omniscient – prit un long repos bien mérité.

Un très gros bateau pour un très gros déluge

* Genèse 6-9 *

Après avoir créé le monde, Dieu l'avait rempli de belles choses extraordinaires. Des centaines d'années plus tard, les gens avaient oublié Dieu. Mais Dieu veillait encore

sur eux, même si les gens le rendaient très triste. Dieu avait l'impression que tous étaient devenus mauvais. Tous, sauf un, qui s'appelait Noé.

Quand Dieu regardait Noé, Il aimait ce qu'Il voyait.
Dieu voyait que Noé l'écoutait. Il voyait que Noé essayait
toujours de faire le bien.

C'est alors qu'un jour, Dieu s'adressa à Noé. Il lui dit :

— Je vais provoquer un déluge pour nettoyer la Terre
entière. Mais je veux vous épargner, toi, ta femme, tes fils
et leurs femmes.

Dieu dit à Noé de construire un très gros bateau, une arche. Il lui dit exactement comment la construire :

— Elle devra mesurer cent cinquante mètres de long, vingt-cinq mètres de large et quinze mètres de haut. Construis plusieurs pièces sur trois étages différents. Construis-la en bois, puis recouvre-la entièrement de goudron – à l'intérieur et à l'extérieur – pour qu'elle soit étanche.

Noé fit tout ce que Dieu lui demanda.

Jour après jour, Noé travaillait très fort pour construire l'arche avec ses fils, sans se plaindre. Les gens pensaient qu'il était fou de faire un si gros bateau. Mais Noé ne s'occupait pas de ce que les autres pensaient. Dieu lui avait dit de construire une arche, et c'est exactement ce qu'il fit.

Dieu dit aussi à Noé :

— Tu feras entrer un couple de chaque espèce dans l'arche : les animaux et les oiseaux, et même les créatures qui rampent. Ils viendront vers toi pour que tu les gardes en vie. Et assure-toi de prendre beaucoup de plantes et de nourriture : il doit y en avoir assez pour que tous les animaux, ta famille et toi puissiez manger.

Noé fit tout ce que Dieu lui demanda. L'arche prenait forme et des animaux de toutes les espèces se dirigèrent vers Noé. Vaches et chameaux, colombes et canards, serpents et mouffettes se rassemblèrent autour de l'homme que Dieu avait choisi pour les sauver.

Le temps venu, Dieu dit à Noé :

— Entre dans l'arche et emmène tous les animaux avec toi. Je ferai pleuvoir sur la Terre pendant quarante jours et quarante nuits. La pluie inondera la Terre et la nettoiera.

Noé entra dans l'arche avec sa famille, suivi des couples d'animaux.

Ce jour-là, le déluge commença, comme Dieu l'avait dit. Le ciel s'ouvrit et une pluie torrentielle se mit à tomber. L'eau des lacs, des rivières et des océans jaillit et inonda la Terre.

L'arche de Noé se mit à flotter. Sa famille et tous les animaux étaient en sûreté à l'intérieur de l'arche.

Pendant quarante jours, il plut et l'eau continua de monter. L'eau monta de plus en plus haut, jusqu'à ce que l'arche de Noé flotte au-dessus des plus hautes montagnes sur Terre. Pendant des mois et des mois, les vagues déferlèrent sur la Terre. Et pendant des mois et des mois, Noé, sa famille et tous les animaux voguèrent sur les vagues, en toute sécurité.

Dieu observa alors l'arche et tous ceux qui se trouvaient à l'intérieur. Il savait qu'ils avaient vécu dans l'arche bruyante et malodorante pendant très, très longtemps. Dieu décida qu'il était temps de mettre fin au déluge. Un vent puissant souffla sur toute la Terre et lentement, l'eau se mit à baisser, baisser et baisser, jusqu'à ce que l'arche finisse par se poser au sommet d'une montagne.

Le sommet de la montagne était encore entouré d'eau. Noé décida alors d'envoyer une colombe pour qu'elle vole au-dessus des eaux. Si l'oiseau revenait à lui, Noé saurait qu'il n'avait pas trouvé de terre ni d'arbre où se poser. En effet, la colombe ne trouva pas d'endroit où se poser et revint rapidement vers l'arche.

Sept jours plus tard, Noé envoya la colombe de nouveau. Cette fois-ci, elle revint avec une branche d'olivier dans son bec.

Lorsque Noé vit la branche, il sut que le niveau de l'eau avait encore baissé. Il sut que les arbres et les plantes avaient recommencé à pousser sur la Terre. Noé était fou de joie.

Maintenant que la Terre était sèche, Dieu s'adressa à Noé.
Il lui dit :

— Noé, le temps est venu de sortir de l'arche. Fais sortir tous les animaux : les geais bleus et les merles, les hyènes et les hippopotames et aussi les crapauds et les tortues. Envoie-les partout dans le monde pour qu'ils se multiplient et remplissent la Terre de nouveau.

Noé fit tout ce que Dieu lui demanda.

Lorsque toutes les créatures furent de nouveau sur la terre ferme, Noé remercia Dieu. Il le remercia de l'avoir sauvé, lui, sa famille ainsi que tous les animaux.

Dieu bénit la famille de Noé. Il dit :

— Multipliez-vous. Peuplez de nouveau la Terre de bonnes personnes.

Dieu fit alors une promesse.

— Il n'y aura plus jamais de déluge pour détruire la Terre.

Sur ces mots, Dieu fit apparaître un arc-en-ciel.

Les couleurs vives de l'arc-en-ciel – rouge, orange, jaune, vert, bleu, indigo et violet – se révélèrent au-dessus des nuages. Cette lumière scintillante rappelait la promesse que Dieu avait faite au monde.

Chaque fois que Noé et sa famille voyaient un arc-en-ciel dans les nuages, ils se souvenaient de la promesse de Dieu. Et ils se rappelaient que Dieu les avait sauvés du très gros déluge.

Les murailles d'eau

Des centaines d'années après le déluge vécut un grand homme qui s'appelait Abraham. Abraham obéissait à Dieu et l'honorait. Dieu dit à Abraham :

— Je serai toujours ton Dieu, et ta famille sera toujours mon peuple.

À partir de ce moment-là, la famille d'Abraham, les Hébreux, fut connue sous le nom de peuple de Dieu.

Les Hébreux vivaient en Égypte. Ils étaient forcés de travailler pour un méchant roi appelé le pharaon. Il régnait sur les Hébreux, mais il avait aussi peur d'eux. Il craignait que, si les Hébreux continuaient à avoir beaucoup d'enfants, ils seraient assez nombreux pour renverser son royaume. Il voulait empêcher les Hébreux d'agrandir leurs familles. Le pharaon imposa donc une nouvelle règle affirmant que les Hébreux n'avaient plus le droit d'avoir de garçons.

Un jour, un adorable garçon naquit dans une famille d'Hébreux. La mère aimait son fils très fort, mais elle était effrayée. Si le pharaon trouvait son bébé, il l'enlèverait. La mère cacha son bébé chez elle. La grande sœur du bébé, Myriam, fit tout pour qu'il reste calme et à l'abri des regards. Mais ses pleurs et ses gazouillis devenaient de plus en plus forts. La mère se rendit compte que son enfant n'était plus en sécurité à la maison.

Elle devait trouver une autre façon de le protéger. Elle fabriqua un panier tissé très serré et le recouvrit de goudron pour qu'il ne prenne pas l'eau. Puis elle y déposa doucement le garçon. Myriam suivit sa mère jusqu'au Nil. Celle-ci s'agenouilla sur la berge et plaça le panier dans les roseaux, tout près de la rive. Elle embrassa son fils avant de le laisser partir. Elle refoula ses larmes et s'éloigna.

Myriam resta sur place pour voir ce qui arriverait à son petit frère. Elle entendit des voix. Elle observa attentivement le fleuve et vit la fille du pharaon entrer dans l'eau pour se baigner. La princesse était tout près de l'endroit où le petit frère de Myriam était bercé par les eaux.

— Regarde! cria la princesse à l'une de ses servantes. Apporte-moi ce panier, s'il te plaît.

Myriam retint son souffle. La servante prit le panier et le tendit à la princesse. Celle-ci berça tendrement le garçon tout contre elle.

— Un Hébreux doit avoir caché son fils ici, dit la princesse. Je veux l'épargner, mais je ne peux pas prendre soin d'un enfant aussi jeune.

C'est alors que Myriam courut courageusement vers la princesse.

— Je peux vous aider! Je peux trouver une femme qui prendra soin du bébé pour vous, dit-elle.

La princesse accepta, et Myriam courut chercher sa mère.

— Mère, mère! Vous ne le croirez pas! dit Myriam avant de tout lui expliquer.

Elles retournèrent toutes deux rapidement à la rive.

— J'ai trouvé ce bébé dans un panier, dit la princesse à
la mère de l'enfant. Mais j'ai besoin de quelqu'un pour en
prendre soin jusqu'à ce qu'il soit assez vieux pour habiter avec
moi au palais. Je vous paierai pour votre aide.

La mère n'arrivait pas à le croire. Plus tôt, elle avait
embrassé son fils avant de l'abandonner. Elle pensait que
c'était la dernière fois qu'elle le voyait. Et là, une princesse lui
demandait d'en prendre soin.

Myriam et sa mère retournèrent à la maison avec le bébé.
Le petit garçon grandit et se mit à marcher et à parler.

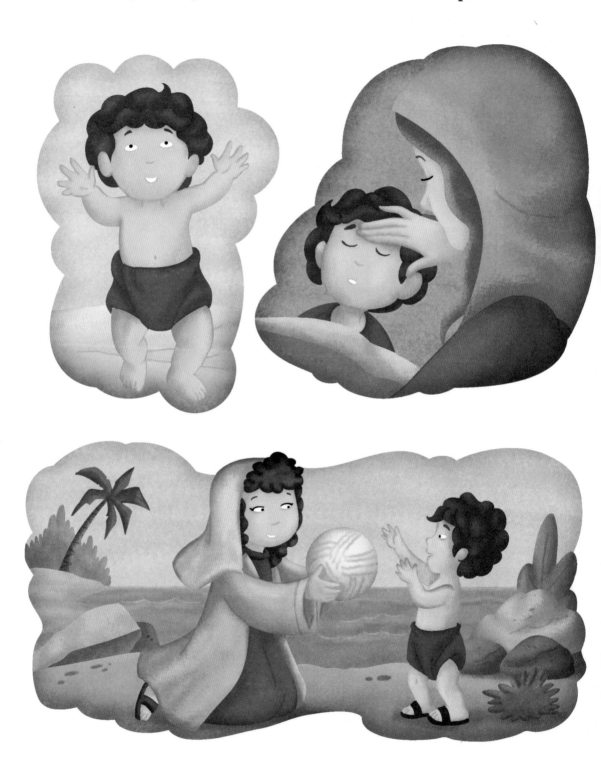

Très vite, ce fut le temps de rendre l'enfant à la princesse.

— Merci d'en avoir pris soin, dit la princesse. Il s'appellera Moïse et je vais l'élever comme un prince d'Égypte.

Le nom Moïse ressemblait au mot qui signifiait sauvé en hébreu. La princesse choisit ce nom parce qu'elle avait sauvé Moïse des eaux.

La mère de Moïse était triste de devoir encore faire ses adieux à son fils. Mais elle savait que Dieu lui avait sauvé la vie dans un but précis et qu'Il le protégerait.

Lorsque Moïse fut adulte, il y avait un nouveau pharaon en Égypte. Le nouveau pharaon était aussi terrible que l'ancien. Dieu vit cela, et il demanda à Moïse de libérer les Hébreux de leur méchant souverain.

Dieu envoya Moïse parler au pharaon à maintes reprises.

— Pharaon, laissez partir le peuple de Dieu, répéta Moïse encore et encore.

Mais le pharaon refusait encore et encore.

Dieu punit le pharaon et son peuple pour ne pas avoir écouté Moïse.

Le pharaon finit par accepter.

— D'accord, Moïse. Je vais laisser partir les Hébreux, dit-il.

Mais dès que Moïse commença à faire sortir les Hébreux d'Égypte, le pharaon changea d'idée.

Moïse et les Hébreux virent tous les soldats du pharaon se diriger vers eux pour les attaquer. Ils étaient piégés! D'un côté, les soldats du pharaon se précipitaient vers eux; de l'autre côté, il y avait la mer Rouge. La mer était immense et profonde. Le peuple était terrifié. Où pouvait-il aller?

Mais Moïse n'avait pas peur. Il savait que Dieu protégerait les Hébreux, qu'Il trouverait une façon de les sauver.

— N'ayez pas peur, leur dit Moïse. Le SEIGNEUR nous sauvera!

Moïse tendit la main vers la mer Rouge. Dieu envoya alors un vent puissant qui fendit les eaux de la mer, créant une grande muraille d'eau de chaque côté. Tous restèrent immobiles, impressionnés. La mer s'était séparée en deux devant eux.

Moïse fit traverser les Hébreux à pied sur le chemin sec que Dieu venait de créer. Il les conduisit de l'autre côté de la mer Rouge. Tous étaient sains et saufs.

Puis, le chemin fut rempli de nouveau par la mer, et les soldats du pharaon, qui poursuivaient le peuple de Dieu, furent emportés.

Encore une fois, Dieu s'était servi de l'eau pour sauver Moïse, et de Moïse pour sauver les Hébreux.

Un garçon, un géant et Dieu tout-puissant

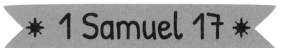

Loin dans la vallée, entre les collines, deux armées se rencontrèrent pour se livrer bataille. Sur une colline, l'armée des Philistins était rassemblée. Sur l'autre colline, le roi Saül se tenait aux côtés du peuple de Dieu, les Israélites. Ils étaient tous alignés, prêts au combat.

C'est alors qu'un géant sortit des rangs des Philistins. Il marcha dans la vallée et se plaça entre les deux armées. Le géant mesurait près de trois mètres! Il portait un casque en bronze. Une armure en bronze couverte d'écailles recouvrait son torse et entourait le bas de ses jambes. Il tenait un long javelot en bronze.

— Je suis le puissant Goliath! rugit le géant. Je vais combattre pour les Philistins!

Goliath regarda les Israélites en haut de la colline.

— Choisissez un homme et qu'il descende m'affronter! cria-t-il.

Les Israélites tremblaient de peur. Il n'y avait aucun homme aussi grand que Goliath dans leurs rangs! Et si les Israélites ne pouvaient vaincre le géant, les Philistins gagneraient la bataille. Les Israélites ne savaient pas quoi faire; ils se cachèrent donc dans leur camp.

Tous les matins, Goliath descendait dans la vallée et appelait les Israélites au combat.

— Choisissez un homme et qu'il descende m'affronter! criait le géant.

Et tous les matins, les Israélites l'entendaient, effrayés.

Pendant ce temps, très loin de là, un homme qui s'appelait Jessé remplissait de grands sacs de fromages et de grains. Jessé avait huit fils. Les sept plus vieux étaient soldats pour le roi Saül. Ils faisaient partie de l'armée israélite sur la colline. David, son plus jeune fils, était berger et gardait les moutons.

— David, dit Jessé à son fils, va porter cette nourriture à tes frères.

David partit donc retrouver ses frères pour leur apporter la nourriture.

Il trouva ses frères dans la vallée avec le reste de l'armée du roi Saül. Mais dès qu'il les rejoignit, toute leur attention fut attiré par ce qui se passait de l'autre côté de la vallée.

— Allez, Israélites! N'avez-vous donc *personne* pour se battre contre moi? lança Goliath d'une voix retentissante.

David regarda l'armée israélite se disperser et trembler de peur.

— Pour qui cet homme se prend-il? demanda le jeune David aux soldats autour de lui. Il devrait réfléchir avant de menacer l'armée de Dieu tout-puissant! Je me battrai contre lui!

— David, dit son grand frère, t'occuper de ce géant, ce n'est pas comme t'occuper de tes moutons. Ne viens pas créer des problèmes ici! Tu seras blessé!

Mais les autres Israélites avaient entendu ce que David avait dit. Quelqu'un courut dire au roi Saül qu'il y *avait* un Israélite qui était peut-être prêt à affronter le terrible géant.

Le roi Saül fit venir David.

— Toi? demanda le roi lorsque David arriva. C'est *toi* qui
es prêt à te battre contre Goliath?

— Oui! Je me battrai contre lui! dit David au roi. Il ne
faut pas avoir peur de ce géant.

Le roi Saül regarda le garçon devant lui. Il savait que David n'avait aucune chance contre le rude guerrier de près de trois mètres qui grognait et attendait dans la vallée.

— David, dit le roi Saül, tu ne peux pas te battre contre Goliath. Il est soldat depuis de nombreuses années. Il a participé à beaucoup de combats. Et toi, tu n'es qu'un petit garçon!

— Quand je garde les moutons de mon père, répondit rapidement David, si un lion vient attaquer un mouton, je le sauve et je le sors de la gueule du lion. Le Dieu qui me protège des griffes du lion saura aussi me protéger de ce géant philistin.

— Très bien, répondit le roi. Que Dieu soit avec toi quand tu affronteras Goliath.

Le roi Saül donna alors à David la meilleure armure qu'il possédait, la sienne. David mit l'armure, mais quand il essaya de marcher, il trébucha et s'effondra.

— Je ne peux pas porter cela, dit David en enlevant le casque. C'est trop lourd, et je ne suis pas habitué à porter une armure.

David retira l'armure et saisit son bâton de berger. Le roi regarda avec étonnement le garçon qui marchait pour aller affronter le géant.

Dans un ruisseau tout près, David choisit avec soin cinq pierres polies. Il mit les pierres dans son sac et repartit à la rencontre de Goliath.

David descendit dans la vallée en tenant son lance-pierre.
Il leva la tête pour regarder le géant de près de trois mètres qui
se tenait de manière imposante devant lui. Il avait la gorge
serrée, et son cœur battait la chamade.

Tout à coup, Goliath s'adressa à lui :

— Que suis-je? un chien? beugla-t-il. Penses-tu vraiment que tu peux me défier avec ce petit bâton?

Le jeune David regarda l'énorme guerrier dans les yeux. Il haussa la voix du mieux qu'il put :

— Tu viens peut-être vers moi avec ton épée et ta lance, mais moi, je viens me battre contre toi au nom du SEIGNEUR!

Le géant ne recula point. Il s'avança plutôt vers David.

David devait faire quelque chose, et vite! Il se rua donc vers Goliath, plongea la main dans son sac et agrippa une pierre polie et froide. Il la plaça dans son lance-pierre et la lança haut dans les airs…

ZOUM!

PAF!

BOUM!

Le géant s'effondra.

Les armées des deux côtés de la vallée restèrent immobiles. Personne ne bougeait. David était debout et regardait le géant qui gisait sur le sol.

Tout le monde savait que Dieu avait aidé David à gagner la bataille ce jour-là. Seul Dieu pouvait faire en sorte qu'un jeune berger soit encore plus grand que le plus grand géant de la région.

Une jeune reine brave

* Livre d'Esther *

Une jeune fille prénommée Esther habitait dans une ville du nom de Suse. Ses parents étaient morts, et elle habitait maintenant avec son cousin plus âgé qu'elle, Mardochée. Mardochée adorait Esther. Il l'avait élevée comme sa propre fille, et elle était devenue une belle et gentille jeune femme.

Le roi Assuérus régnait sur Suse. Un jour, il envoya ses hommes dans toute la région à la recherche d'une jeune femme qui deviendrait sa reine…

Lorsque les hommes du roi rencontrèrent Esther, ils virent qu'elle était belle et gentille. Ils l'invitèrent donc au palais pour la présenter au roi.

Esther était nerveuse, mais emballée à l'idée de rencontrer le roi. Elle dit au revoir à Mardochée et se rendit au palais.

Esther était très polie. Tous les gens qui la croisaient au palais l'adoraient. Lorsque le roi la rencontra, il tomba amoureux d'elle.

Le roi avait trouvé sa reine! Esther était honorée de devenir reine. Elle s'agenouilla devant le roi, et celui-ci déposa sur sa tête une couronne ornée de joyaux.

La reine Esther était heureuse au palais. Mardochée
venait souvent la visiter.

Toutefois, un homme essayait de causer des ennuis à Mardochée. Il s'appelait Haman.

Après le roi, Haman était l'homme le plus important du royaume. Tout le monde devait s'incliner devant lui. Mais lorsque Haman franchissait les portes du palais, Mardochée ne s'inclinait pas. Mardochée était juif et ne s'inclinait que devant Dieu.

Cela rendit Haman furieux, si furieux qu'il décida de se débarrasser de Mardochée ainsi que de *tous* les Juifs. Mais Haman ne savait pas que la reine Esther était juive.

Mardochée était horrifié par les plans de Haman.
Il courut vers la ville en pleurant à chaudes larmes.

Esther entendit les pleurs de son cousin. Peu de temps après,
Mardochée lui envoya un message de l'extérieur du palais…

Haman essaie de se débarrasser de nous, de tous les Juifs. De grâce, va supplier le roi Assuérus d'épargner nos vies. S'il te plaît, Esther. Dieu t'a peut-être choisie comme reine pour cette raison. Tu es notre seul espoir!

Esther ne savait pas quoi faire. Personne, pas même la reine, n'avait le droit de visiter le roi sans être convoqué.

Elle envoya une réponse à Mardochée :

— Rassemble tous les Juifs. Cessez de manger et de boire pendant trois jours, et priez. Je ferai la même chose. Après ces trois jours, j'irai rencontrer le roi, peu importe ce qui arrivera.

Esther pria pendant trois jours. Elle demanda à Dieu de les protéger, elle et tous les autres Juifs. Elle demanda à Dieu de la guider lorsqu'elle parlerait au roi.

Le troisième jour, Esther se dirigea vers la salle du roi. Esther fit une pause pendant un instant devant l'entrée de la salle. Elle se demandait ce que le roi allait faire, ce qu'il allait dire, et, surtout, ce qu'*elle* allait lui dire!

Puis, elle entra.

Le roi était heureux de voir Esther, mais il vit qu'elle était troublée.

— Que se passe-t-il, ma reine? lui demanda-t-il tendrement. Avez-vous besoin de quelque chose? Demandez-moi n'importe quoi, même la moitié de mon royaume et je vous le donnerai!

Esther inspira profondément.

— S'il vous plaît, dit-elle, invitez Haman, ce soir, pour le repas.

Ce soir-là, au repas, le roi remarqua de nouveau que sa reine ne semblait pas heureuse. Il lui demanda :

— Reine Esther, que puis-je vous donner? Vous savez que je vous donnerai tout ce que vous voudrez.

— Bien… commença Esther.

Mais lorsque son regard se dirigea vers Haman, elle perdit courage.

— J'aimerais… je veux dire, si le roi le souhaite… enfin, est-ce que Haman et vous vous joindriez de nouveau à moi pour le repas *demain soir?* demanda-t-elle.

Le soir suivant, le roi Assuérus, la reine Esther et Haman étaient de nouveau rassemblés pour le repas. Et encore une fois, le roi demanda à Esther ce qui la troublait.

— Que se passe-t-il, Esther? demanda le roi. S'il vous plaît, dites-le une fois pour toutes, et ce sera réglé!

Cette fois, Esther rassembla tout son courage pour lui demander ce qu'elle voulait lui demander depuis si longtemps.

— Si je peux vraiment vous demander *n'importe quoi*, Votre Majesté, dit-elle, alors, de grâce, je vous demande de me sauver *la vie*... et celle de mon peuple.

Le roi ouvrit grand les yeux.

— Quoi?! Vous êtes en danger? Où est l'homme qui menace ma reine et son peuple?

— Il est ici, avec nous, dit Esther.

Elle regarda Haman, puis baissa le regard vers son assiette.

— Il s'agit de Haman, ajouta-t-elle tout bas.

La table trembla lorsque le roi bondit de son siège.

— Emmenez-le hors de ma vue! cria le roi à ses hommes.

On chassa immédiatement Haman du palais, et il ne revint jamais.

Une fois Haman parti, Esther et Mardochée racontèrent toute l'histoire au roi.

Le roi récompensa Mardochée. Il lui donna la maison de Haman et le pouvoir qu'avait Haman sur le royaume.

Esther, Mardochée et leur peuple,
les Juifs, étaient sauvés et cela grâce
à une jeune femme qui avait eu le
courage de se tenir debout et
de faire changer les choses, là
où Dieu l'avait placée.

À l'abri dans la fosse aux lions

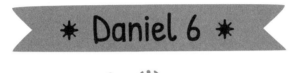

✳ Daniel 6 ✳

Il était une fois un homme qui s'appelait Daniel et qui habitait dans le royaume de Babylone. Daniel avait une grande foi en Dieu.

Le roi Darius régnait sur Babylone. Beaucoup d'hommes l'aidaient à diriger le royaume, mais le roi faisait confiance à Daniel plus qu'à tout autre homme. En fait, il lui faisait *tellement* confiance qu'il le mit à la tête de tous les autres gouverneurs du royaume.

Les autres gouverneurs n'aimaient pas que Daniel soit leur chef.

Ils cherchaient à semer la discorde entre Daniel et le roi, mais ils ne réussissaient jamais à surprendre Daniel à faire quelque chose de mal. Ils imaginèrent donc un plan sournois pour lui attirer des ennuis.

Un jour, ils allèrent parler au roi…

— Ô puissant roi Darius, nous venons tous ensemble pour vous demander de créer une nouvelle loi qui vous honorera, dit l'un des gouverneurs.

Le roi hocha la tête.

— La loi devrait énoncer que, si une personne prie un autre dieu ou un autre homme que vous, elle devra être jetée dans la fosse aux lions, poursuivit le gouverneur.

L'un des gouverneurs tendit le texte de la loi au roi.

— Il ne manque que votre signature pour que la loi soit officielle.

Le roi Darius signa.

Puis les hommes partirent pour capturer Daniel. Ils savaient que Daniel était fidèle à son Dieu et que, quoi qu'il arrive, il continuerait de le prier et enfreindrait la loi.

Et ils avaient raison.

Daniel avait entendu parler de la nouvelle loi, mais il croyait qu'il était beaucoup plus important d'honorer Dieu que les hommes. C'est ainsi que, comme il l'avait fait tous les autres jours, Daniel se rendit dans sa chambre pour prier. Il n'avait pas honte de sa foi. Ses fenêtres étaient grandes ouvertes; tout le monde pouvait le voir. Même si cela risquait de lui attirer des ennuis, Daniel rendrait grâce à Dieu.

Les gouverneurs se rassemblèrent devant la fenêtre de Daniel. Ils arborèrent un large sourire en le voyant s'agenouiller et en l'entendant parler à son Dieu. Ils avaient enfin ce qu'il fallait pour que Daniel ait des ennuis avec le roi.

Les hommes se précipitèrent pour aller parler au roi Darius.

— Excusez-moi, roi Darius, dit l'un des gouverneurs, mais ne venez-vous pas tout juste de signer une loi qui mentionne que, si quelqu'un prie une autre personne que vous, elle sera jetée dans la fosse aux lions?

Le roi Darius répondit :

— Oui, c'est vrai.

— Dans ce cas... dit le gouverneur en tentant de cacher son sourire diabolique, Daniel n'a de respect *ni* pour vous *ni* pour

votre loi. Il prie son Dieu trois fois par jour!

Le cœur du roi se serra. Le roi Darius adorait Daniel. Il lui faisait confiance. Jamais il n'avait pensé qu'en signant cette loi, il devrait envoyer Daniel dans la fosse aux lions.

Les méchants gouverneurs
virent que le roi voulait protéger
Daniel. Ils lui rappelèrent donc :
— N'oubliez pas, toute loi
que vous avez signée ne peut
être modifiée.
Le roi savait que c'était vrai.
Il ne pouvait rien dire ni faire
pour protéger Daniel :
il n'avait d'autre choix que
de l'envoyer dans la fosse
aux lions.

Le roi Darius demanda donc à ses hommes d'aller chercher Daniel et de le jeter dans la fosse aux lions, ce qu'ils firent.

Le roi accourut vers la fosse. Il cria à Daniel :

— Daniel, que le Dieu que vous vénérez vous sauve de ces terribles lions!

Cette nuit-là, au palais, le roi refusa de manger. Il renvoya les musiciens qui jouaient pour lui. Et il ne parvint pas à fermer l'œil de toute la nuit.

Dès que les premiers rayons de soleil illuminèrent le royaume, le roi sortit et courut vers la fosse aux lions. Il cria dans la fosse :

— Daniel, Daniel! Est-ce que vous allez bien? Est-ce que votre Dieu vous a sauvé des lions?

— Oh oui, roi Darius! dit une voix provenant de la fosse aux lions. Dieu a envoyé un ange pour que les lions n'ouvrent pas la gueule. Ils ne m'ont fait aucun mal. Je vais bien!

Le roi était si heureux qu'il dit à ses hommes :

— Venez! Dépêchez-vous! Sortez-le de la fosse aux lions!

Les hommes tendirent la main vers Daniel et l'aidèrent. Le roi Darius courut vers lui et le regarda de la tête aux pieds. Il ne pouvait pas y croire. Daniel n'avait pas une seule égratignure.

Daniel avait eu foi en Dieu, et Dieu l'avait sauvé.

C'est alors que le roi Darius décida de punir les gouverneurs qui avaient accusé Daniel d'avoir désobéi à sa loi. Il décida aussi de rédiger une nouvelle loi :

— Désormais, dans tout mon royaume, annonça le roi, tout le monde devra honorer le Dieu de Daniel.

Par la suite, Daniel continua de servir le roi Darius et, comme toujours, de vénérer le seul vrai Dieu.

Un enfant est né

Une jeune fille célibataire du nom de Marie habitait dans une petite ville appelée Nazareth. Un jour, un ange vint la visiter.

– Bonjour Marie, dit l'ange.

Marie sursauta au son de la voix. Elle se tourna et vit un homme étrange qui se tenait debout, à ses côtés. Il ressemblait à un homme, mais ses vêtements d'un blanc éclatant brillaient comme les étoiles, et son visage resplendissait comme la lune. Marie savait qu'il ne s'agissait pas d'un homme ordinaire.

– Je suis l'ange Gabriel. Je suis venu te dire que Dieu est avec toi. Il est fier de toi, dit Gabriel. Tu es bénie entre toutes les femmes.

Marie était ébahie. Gabriel était un messager de Dieu!
Et il était là, en train de *lui* parler.

— Moi? demanda Marie.

Elle regarda autour d'elle, puis de nouveau vers l'ange.
Gabriel sourit.

— Oui, Marie. N'aie pas peur. Dieu m'envoie te dire que
tu donneras naissance à un fils. Tu l'appelleras Jésus, et Il
sera le Fils de Dieu, le Sauveur du monde, dit-il.

— Mais comment vais-je avoir un fils? demanda Marie.

— Rien n'est impossible à Dieu, répondit l'ange.

Marie s'inclina.

— Je suis la servante du Seigneur; que ta parole soit exaucée.

Et cela se produisit peu après. Marie resplendissait de joie pendant qu'elle portait le Fils de Dieu dans son ventre.

L'ange alla ensuite voir Joseph, le fiancé de Marie. Gabriel le visita dans ses rêves.

— Joseph, prends Marie pour épouse, dit Gabriel. Elle va avoir un enfant qui sera le Fils de Dieu. Il s'appellera Jésus, et les gens l'appelleront Emmanuel, car cela signifie « Dieu est avec nous ».

Lorsque Joseph se réveilla, il fit ce que l'ange lui avait dit. Joseph et Marie devinrent mari et femme.

Au moment où l'enfant était sur le point de naître, l'empereur décida de compter tous les habitants de son royaume. Tout le monde devait retourner dans sa ville natale pour y être compté. Comme Joseph venait de Bethléem, il devait s'y rendre avec Marie. Le trajet entre Nazareth et Bethléem serait long et inconfortable pour Marie qui était en fin de grossesse. Joseph et Marie n'avaient pas le choix, ils devaient faire ce voyage.

Lorsqu'ils arrivèrent à Bethléem, la ville était remplie de gens qui y étaient venus pour être comptés. Joseph tenta de trouver une chambre où sa femme et lui pourraient se reposer, mais elles étaient toutes occupées.

Marie et Joseph s'installèrent donc dans le seul
endroit qu'ils purent trouver : une étable. Cette nuit-là,
ils s'endormirent au son du bêlement des moutons.

Peu de temps après, Marie sut que le
bébé allait bientôt naître. Sous les étoiles de
Bethléem, les vaches, les ânes et les moutons furent les
premiers à voir le visage du Sauveur qui venait de naître.

Marie emmaillota le bébé confortablement dans des langes
afin de le garder au chaud. Puis, elle le coucha sur la paille de
la mangeoire des animaux, que l'on appelle la crèche.

Joseph sourit en regardant l'enfant endormi. Marie murmura le nom donné par l'ange Gabriel : Jésus

Cette même nuit, dans les champs près de Bethléem, des bergers gardaient leurs moutons lorsqu'une lumière étincelante se mit à briller au-dessus d'eux. Ils furent effrayés et cachèrent leur visage de la lumière.

— N'ayez pas peur, leur dit un ange. J'ai une bonne nouvelle pour vous et pour *tous!* Ce soir, un Sauveur est né. Lorsque vous verrez un bébé emmailloté dans des langes, couché dans une crèche, vous saurez que c'est Lui.

Tout à coup, d'autres anges remplirent le ciel. Les bergers restèrent immobiles et muets; ils ne firent qu'observer et écouter les anges dire leurs louanges à Dieu.

— *Gloire à Dieu!* disaient les anges. *Paix et bonté aux hommes sur Terre.*

Puis, ils disparurent.

Les bergers se regardèrent.

— Allons trouver cet enfant! Allons voir le Sauveur!

Les bergers cherchèrent dans tout Bethléem jusqu'à ce qu'ils le trouvent. Ils virent un bébé emmailloté dans des langes, couché dans une crèche, exactement comme l'ange le leur avait dit.

Marie et Joseph s'étonnèrent de voir les bergers.

— Des… des anges sont apparus devant nous, expliquèrent les bergers à Marie et Joseph. Un ange nous a dit que nous trouverions un bébé ici. Et il est ici! Le Sauveur du monde!

Voir l'Enfant Jésus les remplit de joie. Ainsi, après l'avoir vu de leurs propres yeux, ils allèrent louanger Dieu dans tout Bethléem. Ils racontèrent à tout le monde l'histoire des anges et du bébé qui deviendrait un jour le Sauveur du monde.

Marie chérissait les mots des bergers et des anges. Elle savait dans son cœur que ce n'était que le début. Elle savait qu'il y aurait beaucoup d'autres miracles à venir pour son fils, le Fils de Dieu.

Les semences et la tempête

* Marc 4 *

Une fois adulte, Jésus se mit à parcourir le pays. Il faisait des miracles et enseignait la parole de Dieu, son Père céleste.

Jésus avait douze amis proches, appelés ses disciples, qui voyageaient avec lui et étaient témoins des choses incroyables qu'il faisait et disait.

Bien vite, partout où Jésus allait, une grande foule le suivait pour entendre ce qu'il dirait ou pour voir ce qu'il ferait. Parfois, Jésus avait besoin de paix et de tranquillité. Il se rendait donc sur une montagne ou dans un jardin pour prier. Mais il passait la plupart de son temps à parler aux gens, à les guérir et à partager l'amour de Dieu.

Un jour, Jésus enseignait la parole de Dieu au bord de la
mer. La foule était si nombreuse que Jésus dut grimper dans un
bateau pour que tous puissent le voir et l'entendre.

Puis, comme il le faisait souvent, Jésus raconta une parabole, c'est-à-dire une histoire qui enseigne une importante leçon.

119

Il raconta l'histoire d'un fermier qui répandait des semences. Le fermier les dispersa sur le sol. Mais de nombreuses semences ne poussèrent pas. Certaines tombèrent sur le côté, où les oiseaux plongèrent pour les manger. D'autres tombèrent sur des rochers où il n'y avait pas beaucoup de terre, et le soleil les assécha. D'autres encore tombèrent dans des ronces qui les étouffèrent, et aucun fruit ne put pousser.

Mais certaines des semences du fermier tombèrent dans une terre riche. Ces semences produisirent de nombreuses plantes. Ces plantes donnèrent beaucoup de fruits, et les fruits, d'autres semences et ainsi de suite! Ces quelques petites semences — celles qui étaient tombées dans la bonne terre — se dispersèrent pour produire beaucoup d'autres fruits pendant encore bien longtemps.

Lorsque Jésus finit de parler, les personnes dans la foule rentrèrent chez elles. Il descendit sur le rivage et se retrouva seul avec ses amis les plus proches. L'un d'entre eux dit :

— Jésus, je n'ai pas vraiment compris la parabole sur les semences. Qu'est-ce que cela signifie?

— Eh bien, expliqua Jésus, le fermier est comme une personne qui répand la parole de Dieu. Parfois, comme les semences, la parole tombe sur le côté : les gens l'entendent, mais ils se laissent séduire par le mal.

Parfois, la parole de Dieu tombe sur des rochers : les gens l'entendent, mais dès que survient une épreuve, ils l'oublient. Parfois, la parole tombe dans les ronces : les gens l'entendent, mais ils laissent la voix des préoccupations et des désirs du monde parler plus fort que le message de Dieu. Mais, mon ami, lorsque la parole tombe sur un sol fertile, les gens l'entendent et s'y accrochent. Ils aident à transmettre le message de Dieu à beaucoup d'autres personnes.

Les amis de Jésus comprirent donc la parabole du semeur. Ils se rendirent compte de l'importance de comprendre les enseignements de Jésus et de répandre la parole de Dieu.

Plus tard ce soir-là, Jésus dit à ses amis :

— Allons de l'autre côté du lac.

Jésus et les disciples montèrent à bord d'un bateau et levèrent les voiles.

Une tempête fit bientôt rage. Les vagues devinrent de plus en plus hautes et se brisèrent sur le bateau qui se remplissait d'eau. Le vent et des vagues faisaient ballotter le bateau et le secouaient dans tous les sens.

Les disciples étaient effrayés. Ils couraient à gauche et à droite, essayant de s'agripper aux côtés du bateau. Ils criaient à l'aide.

L'un des disciples alla chercher Jésus. Ce dernier était couché à l'arrière du bateau et dormait paisiblement.

— Jésus! cria le disciple. Sauve-nous! Le bateau va couler! Cela ne t'importe-t-il pas que nous soyons tous sur le point de nous noyer?

Jésus ouvrit les yeux. Il observa les disciples effrayés. Ils étaient trempés et s'accrochaient au bateau.

Jésus se leva et fit face aux rafales de vent.

— Silence! dit-il.

Il leva les bras et se tourna vers les vagues déferlantes.

— Du calme! dit-il.

Le vent cessa.

Les vagues se calmèrent.

Jésus baissa les bras. Il se tourna vers ses amis.

— Pourquoi aviez-vous si peur? leur demanda-t-il. Où est votre foi?

Les disciples ne répondirent pas. Ils étaient trop impressionnés par la façon dont il avait arrêté la tempête et calmé la mer.

Jésus et ses disciples poursuivirent leur périple sur le lac; les disciples ne murmuraient qu'une seule question entre eux : « Qui est cet homme, à qui même le vent et les vagues obéissent? »

Ils étaient certains d'une chose : Jésus était beaucoup plus qu'un homme qui enseignait des paraboles. D'un seul mot, il avait le pouvoir de faire des miracles et de contrôler le vent et les vagues.

Un tout petit repas

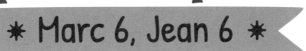

 ✳ Marc 6, Jean 6 ✳

Jésus et ses douze disciples voyageaient partout pour enseigner l'amour de Dieu. Des foules venaient entendre ce que le sage Jésus avait à dire. Cela occupait tellement Jésus et ses disciples qu'ils avaient rarement le temps de se reposer.

— Venez, leur dit Jésus un jour. Allons dans un endroit loin des foules, où nous pourrons nous reposer un peu.

Jésus et ses disciples prirent un bateau pour traverser la mer de Galilée. Mais quelqu'un les avait vus lever les voiles, et la nouvelle de l'endroit où allait Jésus s'était répandue. Lorsque Jésus et ses disciples arrivèrent sur l'autre rive, une énorme foule s'était déjà rassemblée sur le flanc d'un coteau.

Jésus et ses disciples étaient fatigués, mais Jésus voulait aider les gens. Il voyait à quel point ces gens voulaient apprendre à ses côtés et entendre ce qu'il avait à dire. Jésus leur enseigna donc des leçons et leur raconta des histoires sur l'amour de son Père.

Les gens voulaient rester aux côtés de Jésus.

Au coucher du soleil, les disciples supposèrent que les gens devaient commencer à avoir faim.

— Jésus, lui dit l'un de ses disciples, il se fait tard. Ces gens n'ont rien à manger. Il n'y a pas de nourriture ici. Nous devrions leur dire de partir. S'ils partent maintenant, ils devraient avoir le temps de se rendre dans une ville près d'ici pour acheter de la nourriture.

— Pourquoi ne pas les nourrir nous-mêmes? suggéra Jésus.
Puis il se tourna vers un de ses disciples et demanda :

— Philippe, où peut-on acheter du pain?

Ce dernier observa la foule. Il devait y avoir au moins cinq mille personnes! Il secoua la tête et répondit :

— Il me faudrait un an pour économiser assez d'argent afin de nourrir cette foule, et je ne pourrais donner à chacun qu'un seul petit morceau de pain.

Là où Philippe voyait un problème, Jésus percevait une occasion de montrer aux gens le pouvoir de Dieu.

André, un autre des disciples de Jésus, était parti à la recherche de nourriture dans la foule. Il revint vers Jésus accompagné d'un garçon.

— Ce garçon a cinq pains et deux petits poissons, dit André. Mais ça suffit à peine à nourrir une poignée de gens.

— Demandez à tout le monde de s'asseoir, dit Jésus.

Les disciples parcoururent la colline verdoyante en demandant aux gens de s'asseoir.

Les gens commencèrent à se taire quand Jésus prit le panier que le petit garçon tenait dans ses mains. Ils l'écoutèrent prier.

— Père, merci pour cette nourriture. Vous nous donnez toujours assez, et nous vous en sommes reconnaissants.

Jésus rompit le pain et le partagea entre les disciples. Puis, Jésus sépara les poissons et répartit les morceaux entre eux.

— Maintenant, dit-il à ses disciples, donnez à tous un peu de pain et de poisson. Assurez-vous de nourrir *tout le monde.*

Les disciples regardèrent la nourriture qu'ils tenaient entre leurs mains. Ils virent les petits morceaux de pain et les

minuscules morceaux de poisson. Puis, ils regardèrent la mer de gens qui s'étendait sur le coteau. Les disciples ne savaient pas comment Jésus comptait nourrir tout le monde, mais ils lui faisaient confiance.

Les disciples marchèrent parmi la foule et commencèrent à servir les gens. Tout le monde se demandait combien de temps il faudrait avant qu'il n'y ait plus de nourriture. Les gens observaient les disciples et se demandaient si un miracle était sur le point de se produire. Ils avaient entendu parler des miracles que Jésus avait accomplis par le passé.

Curieusement, chaque fois qu'une personne se servait de la nourriture, il en restait. Les gens mangèrent et mangèrent. Contre toute attente, tout le monde mangea à sa faim. En peu de temps, on avait nourri plus de cinq mille personnes.

Lorsque Jésus vit que tout le monde avait mangé, il dit à ses disciples :

— Maintenant, rassemblez tous les restes de nourriture. Nous ne voulons rien gaspiller.

Les disciples prirent chacun un panier. Puis ils se promenèrent parmi la foule sur le coteau. Ils rassemblèrent toute la nourriture qui restait et la mirent dans les paniers, comme Jésus leur avait demandé de faire. Même après avoir nourri toute la foule, il leur resta douze paniers de nourriture remplis à ras bord!

Les disciples étaient stupéfaits.
Cinq mille personnes avaient vu les
cinq pains et les deux poissons du
garçon, et cinq mille personnes
avaient vu que Jésus, grâce à une
simple bénédiction, avait nourri tout le
monde avec le petit repas qui lui avait
été donné. Par miracle, Jésus avait
nourri tous ces gens, et ils surent que
Jésus était un grand prophète.

Ensuite, les disciples
retournèrent traverser le lac,
et Jésus gravit la montagne
pour aller se reposer et prier.

Je peux voir

Jean 9

Un jour, Jésus et ses disciples se promenaient dans la ville de Jérusalem. Tandis qu'ils marchaient, ils passèrent à côté d'un aveugle.

L'un des disciples se tourna vers Jésus. Il lui demanda :

— Maître, quelqu'un doit avoir péché pour que cet homme soit aveugle. Était-ce lui? Ou ses parents?

Jésus répondit :

— Ni cet homme ni ses parents n'ont péché. Il est né aveugle. Dieu l'a créé ainsi pour démontrer la puissance de Dieu.

— Qui est là? demanda l'aveugle en tendant les bras devant lui.

Jésus prit les mains de l'homme.

— Je m'appelle Jésus.

Jésus s'agenouilla devant l'homme et prit de la poussière. Puis, il cracha dans la poussière et en fit de la boue. Il appliqua délicatement cette boue sur les yeux de l'aveugle.

— Va au réservoir de Siloé, dit Jésus à l'aveugle, et lave-toi les yeux.

L'aveugle ne savait pas qui était ce Jésus. Mais il pouvait entendre dans sa voix et sentir à son toucher que Jésus était un homme spécial. L'aveugle obéit donc et se rendit au réservoir.

Une fois là-bas, il se lava les yeux.
Puis, pour la première fois de sa vie,
sa vision se remplit de lumière et de
couleurs. Il pouvait voir!

L'ancien aveugle était fou de joie. Il se promena et regarda tout ce qui défilait devant ses yeux. Il était ébahi par toutes les merveilleuses choses à voir : les sourires des enfants, les arbres verts bercés par le vent, les fruits mûrs au marché. Il y avait tellement de choses à voir!

Les gens de la région connaissaient l'aveugle. En le voyant rire et regarder tout autour de lui, ils se mirent à murmurer.

— Est-ce que c'est l'homme qui était aveugle? demanda une personne.

— N'était-ce pas le mendiant? demanda quelqu'un d'autre.

Certaines personnes répondirent :

— Oui, c'est lui.

Mais d'autres répondirent :

— Non, ce n'est pas lui. C'est quelqu'un qui lui ressemble.

L'homme avait entendu les gens parler. Il dit :

— C'est vrai! C'était moi, l'aveugle que vous voyiez mendier dans les rues. Mais maintenant, je peux voir!

Les gens, étonnés le regardèrent.

— Comment? demanda quelqu'un. Comment peux-tu voir, maintenant, après toutes ces années?

L'homme répondit :

— Jésus a fait de la boue et l'a appliquée sur mes yeux. Il m'a dit d'aller me laver dans le réservoir de Siloé. C'est ce que j'ai fait, et après m'être lavé, je pouvais voir!

— Et où se trouve ce Jésus? demandèrent les gens.

Mais l'homme ne le savait pas.

Pendant les jours suivants, on raconta l'histoire de l'homme dans toute la région. De puissants chefs religieux, connus sous le nom de Pharisiens, entendirent parler de ce miracle. Ils apprirent que Jésus aurait été celui qui avait guéri l'aveugle.

Les Pharisiens avaient déjà entendu parler des miracles de Jésus. Ils avaient même entendu des gens dire que Jésus était le Fils de Dieu. Mais les Pharisiens ne croyaient pas que cet homme ordinaire pouvait vraiment avoir été envoyé par Dieu. Ils souhaitaient trouver un défaut à Jésus. Ils voulaient prouver qu'il n'était pas divin — et qu'il était un homme ordinaire. Ils voulaient aussi que tout le monde cesse de parler de lui.

Les Pharisiens questionnèrent d'abord les parents de l'homme qui avait été aveugle.

— Est-ce votre fils, celui que vous prétendez être né aveugle? Comment peut-il voir, maintenant?

Ses parents avaient peur de dire quelque chose qui leur causerait des ennuis; ils répondirent donc prudemment.

— Bien, nous savons que c'est notre fils et nous savons qu'il est né aveugle. Mais nous ne savons pas comment il a recouvré la vue ni qui la lui a redonnée. Demandez-lui. Il est assez vieux pour vous raconter ce qui s'est passé.

Les Pharisiens se tournèrent ensuite vers l'ancien aveugle.

— Honore Dieu en disant la vérité. Qui t'a guéri? Ça ne peut pas être Jésus, car ce n'est qu'un homme ordinaire.

L'homme que Jésus avait guéri répondit :

— Je ne sais pas s'il est ordinaire ou non. Tout ce que je sais, c'est que j'étais aveugle, et que maintenant je peux voir.

— Nous ne savons pas qui est cet homme appelé Jésus ni d'où il vient, dit un des Pharisiens. Comment quelqu'un peut-il faire quelque chose d'aussi merveilleux, d'aussi incroyable, sans que vous sachiez d'où il vient?

— Il m'a guéri! Seul le pouvoir de Dieu peut faire cela!

L'ancien aveugle croyait que Jésus était envoyé par Dieu. Mais les Pharisiens ne le croyaient toujours pas et ils savaient que l'homme avait raconté cette histoire dans toute la ville. Cela les mettait très en colère. Les Pharisiens jetèrent l'homme dans la rue.

157

Jésus apprit comment les Pharisiens avaient traité l'homme et alla voir comment il allait.

— Est-ce que tu vas bien? lui demanda Jésus.

L'homme se figea. Il reconnut immédiatement la voix de Jésus. Pour la première fois, l'homme regarda dans les yeux la personne qui l'avait guéri.

Jésus lui dit alors :

— Crois-tu au Fils de Dieu?

— De grâce, Seigneur, dites-moi qui il est pour que je puisse croire en lui! répondit l'homme.

— Tu le vois de tes propres yeux, dit Jésus. Cet homme est en train de te parler.

L'homme tomba à genoux et dit :

— Seigneur, je crois.

Jésus sourit. D'une main guérisseuse, il avait convaincu une autre personne de croire en lui.

Même après tous les miracles que Jésus avait faits, les Pharisiens ne croyaient toujours pas que Jésus était le Fils de Dieu. Mais, avec un seul miracle, l'aveugle avait cru en lui.

Qui est mon prochain?

Dans toute la région, les gens parlaient de cet homme nommé Jésus. Ils parlaient de ses enseignements et de ses miracles, et disaient qu'il était peut-être même le Fils de Dieu. Jésus semblait en connaître beaucoup sur la parole de Dieu. Et il parlait de Dieu comme s'il le connaissait d'une façon particulière. Les gens venaient souvent de très loin seulement pour entendre les enseignements de Jésus et en apprendre plus sur Dieu.

Un jour, Jésus s'adressait à un groupe de gens. Un homme qui avait étudié la parole de Dieu toute sa vie demanda à Jésus :

— Maître, je veux vivre pour toujours avec Dieu. Que dois-je faire pour m'assurer que cela se produise?

— Que dit la parole de Dieu? lui demanda Jésus.

L'homme sourit. Il se souvenait de la parole de Dieu
à ce sujet.

— Elle dit : tu aimeras ton Dieu de tout ton cœur, de
toute ton âme, de toute ta force et de toute ta pensée, répondit
l'homme. Elle dit aussi d'aimer son prochain comme soi-même.

— C'est exact, dit Jésus. Fais tout cela et tu auras la vie
éternelle.

— Je sais comment aimer Dieu de tout mon être, dit
l'homme. Mais qui est mon prochain ?

Cette fois, Jésus répondit à l'homme en lui racontant une histoire.

— Un jour, un Juif entreprit un voyage de Jérusalem à Jéricho. Des brigands l'attaquèrent sur le chemin et dérobèrent ses vêtements, son argent et ses provisions. Ils le frappèrent, puis s'enfuirent, laissant l'homme sur le côté de la route.

L'homme était si gravement blessé qu'il ne pouvait pas marcher. Peu de temps après, un prêtre juif passa et vit l'homme couché par terre. *C'est terrible!* pensa-t-il. Mais le prêtre ne voulait pas s'attirer d'ennuis. Donc, au lieu de s'arrêter pour aider l'homme, le prêtre continua sa route.

Ensuite, un lévite, passa par là. Lui aussi vit l'homme blessé, couché sur le côté de la route. Mais il ne voulait pas prendre le temps de s'arrêter, et lui aussi continua sa route.

Enfin,
un Samaritain
passa sur la route.
Il vit que l'homme
était gravement blessé.
Le Samaritain savait que l'homme
blessé était probablement juif. Il savait que,
habituellement, les Juifs et les Samaritains ne s'entendaient
pas. Les gens se moqueraient probablement de lui pour avoir
parlé à un Juif. Mais le Samaritain voulait tout de même
aider l'homme. Il s'agenouilla à côté de lui et sortit quelques
objets de son sac. Il nettoya soigneusement ses coupures et
couvrit délicatement ses blessures d'un bandage.

Ensuite, le Samaritain fit monter l'homme battu sur son âne et l'emmena dans un hôtel.

Le Samaritain paya pour la chambre d'hôtel. Il prit soin du blessé toute la nuit. Le lendemain matin, il le laissa se reposer à l'hôtel afin qu'il guérisse. Avant de partir, il dit à l'aubergiste :

— Voici un peu d'argent pour prendre soin de cet homme. Veuillez vous en occuper. Si vous avez besoin de plus d'argent, je vous paierai à mon retour.

Lorsqu'il finit de raconter l'histoire, Jésus se tourna vers l'homme qui lui avait demandé : « Qui est mon prochain? » et lui demanda :

— À présent, lequel de ces trois hommes — le prêtre, le lévite ou le Samaritain — a agi comme un prochain pour l'homme qui avait été attaqué?

Même si l'homme avait étudié la parole de Dieu, cette question lui semblait difficile à répondre. Il savait que le prêtre et le lévite étaient tous deux juifs et qu'ils faisaient partie du peuple de Dieu. Il savait qu'ils auraient dû aider l'homme blessé, mais qu'ils ne l'avaient pas fait. Et le Samaritain? À cette époque, les Juifs et les Samaritains ne s'entendaient pas du tout. On se serait donc attendu à ce que le Samaritain soit la dernière personne à aider le Juif blessé sur le bord de la route. Toutefois, le Samaritain est le seul qui s'est arrêté pour l'aider.

Dans son cœur, l'homme connaissait la réponse à la question de Jésus. La foule écouta quand l'homme répondit :

— La personne qui a fait preuve de compassion envers l'homme.

Jésus hocha la tête. Puis, il dit :

— Allez et faites la même chose pour votre prochain.

Avec cette simple histoire, l'homme qui en savait tellement sur la parole de Dieu apprit une nouvelle leçon très importante : le peuple de Dieu ne devrait pas être bon seulement envers ceux qui sont bons pour lui, ou envers les gens qui lui sont semblables ou qui parlent comme lui. Tout le monde devrait être compatissant et bon pour l'autre. Le peuple de Dieu devrait toujours démontrer à tous l'amour de Dieu.

Jésus est vivant!

**✳Matthieu 28,
Marc 16, Luc 24,
Jean 20✳**

Jésus passait beaucoup de temps avec ses disciples. Il leur disait souvent qu'un jour, il abandonnerait sa vie, comme Dieu l'avait prévu, pour que tous ceux qui croyaient en lui soient sauvés. Il disait à ses disciples qu'il allait bientôt mourir. Mais il leur disait aussi qu'il ressusciterait et qu'il les reverrait.

À l'époque, de nombreux disciples de Jésus ne comprenaient pas ce que cela signifiait. Mais ils verraient de leurs propres yeux comment Jésus abandonnerait sa vie pour les sauver tous.

Après la mort de Jésus sur la croix, il y eut un puissant tremblement de terre. Le sol se mit à trembler. Les arbres se balancèrent. Les rochers se fendirent, et une profonde noirceur envahit toute la région.

Beaucoup de gens ne croyaient pas que Jésus était le vrai fils de Dieu, mais beaucoup d'autres le croyaient. Et plus de personnes encore y crurent après avoir senti la terre trembler, ce jour-là.

La mort de Jésus n'était pas la fin de l'histoire. En fait, ce n'était que le début. Bientôt, partout dans le monde, les gens entendraient parler de Jésus.

Ils entendraient l'histoire du Fils de Dieu venu sauver le monde.

Ce soir-là, après la mort de Jésus, on descendit son corps de la croix. Puis, un homme nommé Joseph, l'un des disciples de Jésus, enveloppa soigneusement le corps dans un drap fin et le coucha dans un tombeau. Deux des disciples de Jésus, Marie, mère de Jacques, et Marie Madeleine, observaient silencieusement le corps de Jésus. Puis, Joseph fit rouler une énorme pierre devant le tombeau pour garder le corps de Jésus en sécurité.

Le troisième jour
après la mort de
Jésus, Marie Madeleine,
Marie, mère de Jacques, et
Salomé, une autre disciple de Jésus,
retournèrent visiter son tombeau.
Lorsque les femmes arrivèrent au tombeau, elles furent
stupéfaites de voir que la lourde pierre avait été déplacée. Le
tombeau était ouvert!

Les trois femmes se dirigèrent sur la pointe des pieds vers le tombeau et jetèrent un coup d'œil dans l'entrée. Un jeune homme était assis à l'intérieur — un ange! Son visage brillait d'une lumière éclatante, et ses vêtements étaient d'un blanc rayonnant. Mais elles ne virent Jésus nulle part.

Les trois femmes étaient trop effrayées pour avancer.

— N'ayez pas peur, dit l'ange. Vous cherchez Jésus, mais il n'est pas ici. Il est ressuscité!

Cela pourrait-il être vrai? se demandait Marie Madeleine.

Est-ce que Jésus pourrait vraiment être ressuscité d'entre les morts? pensa Marie, mère de Jacques.

Salomé, incrédule, hocha la tête. *Est-ce que Jésus pourrait vraiment être vivant?*

— Allez, leur dit l'ange. Dites aux disciples que Jésus est ressuscité. Ils le reverront comme il le leur avait dit.

Les femmes firent ce que l'ange leur avait demandé. Elles coururent annoncer la nouvelle aux disciples de Jésus.

Jésus voulait montrer à tous ses disciples qu'il était réel. Il voulait qu'ils sachent qu'il était vraiment ressuscité, comme il l'avait promis…

Plus tard ce jour-là, Jésus apparut aux côtés de deux de ses disciples pendant qu'ils marchaient sur la route.

Ensuite, il se rendit à la maison où les disciples s'étaient rassemblés. Jésus parla et mangea avec eux. Ils étaient très surpris et heureux de voir Jésus. Tous les disciples de Jésus se trouvaient au repas, sauf un : Thomas.

N'ayant pas vu Jésus de ses propres yeux, Thomas eut du mal à croire la nouvelle que leur annoncèrent les autres disciples. Il leur dit :

— Je croirai que Jésus est vivant seulement quand j'aurai vu, touché et senti ses cicatrices moi-même.

Une semaine plus tard, Jésus apparut de nouveau. Cette fois, tous les disciples étaient présents.

— Paix à vous tous, dit Jésus.

Puis il se tourna vers Thomas et dit :

— Regarde, Thomas. Tu vois ces cicatrices? Touche-les,
sens-les et crois.

Thomas était abasourdi. Les yeux écarquillés,
il lui prit la main.

— Mon Seigneur et mon Dieu! s'écria-t-il.

Thomas crut enfin que Jésus était vivant.

— Tu crois seulement parce que tu m'as vu, dit Jésus. Bénis
soient ceux qui ne me voient pas et qui ont tout de même la foi.

Au cours des quarante jours qui suivirent sa résurrection,
Jésus passa du temps avec ses disciples et parla à des centaines
de gens. Puis ce fut le temps pour Jésus de retourner
auprès de Dieu. Avant de partir, Jésus confia à tous
ses disciples une mission très importante.

— Allez parler au monde entier de mon Père et de moi,
leur dit Jésus. Enseignez toutes les choses que je vous ai
enseignées. Rappelez-vous, je serai toujours avec vous.

Avant de monter au ciel, Jésus bénit ses disciples. Il promit qu'Il enverrait le Saint-Esprit pour aider les hommes et pour leur enseigner la vérité. Le Saint-Esprit serait toujours parmi eux.

Les disciples de Jésus répandirent la parole de Dieu. Ils allèrent partout dans le monde et racontèrent l'histoire de Jésus. Ceux qui croient en Jésus aujourd'hui font *encore* ce que

Jésus a demandé à ses disciples, il y a de nombreuses années. Ils parlent à tout le monde de leur Sauveur pour que tous connaissent l'amour et le pardon que Dieu leur offre.